PERSONAS

FEDERICO, *emperador*.
MAXIMILIANO, *su hijo*.
FE.
ESPERANZA.
CARIDAD.
DEMONIO.
Villanos y músicos.

ÁSPID.
BASILISCO.
PENSAMIENTO.
ALEGRÍA.
UN SACERDOTE.
ÁNGEL.

MÚSICA   (**Dentro**.) Pues es día de contento
de placer y de alegría,
regocíjese la tierra,
que el cielo se regocija,
y gócese el día
al ver que la tierra
y el cielo compitan
lloviendo favores,
finezas y dichas.

DEMONIO   Abra la infausta boca
del lóbrego bostezo de esta roca
y arrójeme violento
el pálido suspiro de su aliento
hoy del Alpe a las ásperas montañas
abortado embrión de sus entrañas,
y pues terror de aquestos horizontes
el bronce de la fama me disfama
cuando bruto monarca de sus montes,
rugiente león me llama,
suene a verdad el bronce de la fama,
no habiendo, aunque más vele, quien no llore
ver al león buscando a quien devore,
mayormente este día
que de sus moradores la fe pía,
como si en días hubiera diferencia,
de día de Dios le da por excelencia
el nombre, y a honra suya y pena mía
católica concurre su alegría
a ese desierto templo
que entre sus erizados riscos yace.
Mas ¿qué mucho, si nace
de su monarca el culto, que a su ejemplo
haga el vasallo lo que el dueño hace?
Y pues en él contemplo
nuevo austral enemigo
hoy he de ver si perturbar consigo
su devoción valiéndome en su ultraje
también yo de mi bruto vasallaje.
¡Oh, tú, que en los verdores
ya de las selvas, ya de los jardines,
bandido monstruo asaltas sus confines
brindando con equívocos colores
en la adelfa lo dulce del veneno
y lo amargo del tósigo en las flores,
tú que al conjuro cautelando errores,
aun más de astucias que de sañas lleno,
conservas defendido
de la tierra y la cola aquel sentido
que el paso a la voz cierra,

EL SEGUNDO BLASÓN DEL AUSTRIA

PEDRO CALDERÓN DE LA BARCA

Copyright del texto © 2023 Culturea ediciones
Sitio web : http://culturea.fr
Impresión: BOD - Books on Demand (Norderstedt, Alemania)
Correo electrónico : infos@culturea.fr
ISBN :9791041808854
Depósito legal : abril 2023

pues de un oído es la sordez la tierra
y la cola sordez del otro oído,
tú, en fin, que el escondido
áspid de aquel primer vergel eres...

ÁSPID

Ése mi nombre y señas son ¿qué quieres?

(**Sale** ÁSPID.)

DEMONIO

Que te vengas conmigo.

ÁSPID

Ya sabes cuán veloz tus pasos sigo
siempre que en la campaña
contra el hombre ponemos
culebra, haciendo de los dos extremos
tú, león, la fuerza y áspid yo, la maña:
dime pues a qué extraña
presa tras ti me llevas.

DEMONIO

A hacer de ti tan nunca vistas pruebas
que aun la voz que las dice las ignora.
Yo...; mas luego lo oirás: atiende agora.
¡Oh, tu, adúltero aborto
de quien el nacimiento no se sabe,
pues el ingenio más sutil absorto
aún no distingue si eres fiera o ave,
tú en cuya piel neutral especie cabe
con variedad tan suma
que a la facinación que el aire inflama
tal vez parece escama, tal vez pluma
y se queda sin ser pluma ni escama,
tú, cuyo horror tanto sus iras ama
que para más enojos
son sus iras la lumbre de tus ojos
tales que aún contra ti flechas tus iras
pues si primero matas al que miras
también primero el que te ve te mata,
tú, en fin ¡oh Basilisco!, en quien dilata
el furor duplicadas ambas penas...

(**Sale el** BASILISCO.)

BASILISCO

Ése mi nombre y señas son ¿qué ordenas?,
que ya el viento calmado,
el mar embravecido,
el centro estremecido,
el monte titubeado,
todo tímido está, todo asustado
hasta ver contra quien mueves la saña
viendo juntar del Alpe en la montaña

a sombra de su más excelso risco
al Áspid, al León y al Basilisco.

ÁSPID   Dinos pues tus intentos.

DEMONIO   No sé si he de poder, mas oíd atentos.
Entre cuantos atributos
a Cristo dan ya divinas,
ya humanas letras, bien como
en voz activa y pasiva
da a entender el que le llamen
el camino y quien le guía,
la verdad y quien la enseña,
la vida y quien da la vida,
redentor y redención,
legislador y legista,
quien da la luz y la luz,
el rocío y quien le envía,
la nube y la lluvia de ella,
la fuente y el agua viva,
el artífice y el arte,
el médico y medicina,
el labrador y la mies,
el sembrador y semilla,
el racimo y el sarmiento,
el viñadero y la viña,
el cordero y el pastor,
el juez y la justicïa,
sin otras autoridades
cuyo número sería
proceder en infinito,
ninguna me atemoriza
sobresalta y estremece
más que aquella... aquí la vista
se perturba, titubea
el labio, la voz delira,
la lengua se me entorpece,
el cabello se me eriza
y el corazón, rey de todo,
tan desfallecido anima
que cuando más abrasadas
late con alas más tibias...
de cuyas autoridades
ninguna -otra vez lo diga-
más me aflige y atormenta,
desespera y precipita,
que aquella en que él mismo fue
el teólogo y teología,
y ministro y recipiente
de su carne y sangre misma,

el sacerdote y el ara,
la hostia y quien la sacrifica.
Este inescrutable emblema,
este incomprensible enigma,
cifra del poder de Dios
y tan soberana cifra
(que a poder tenerla el Ángel,
el Ángel tuviera envidia
del preste que le celebra
y el fiel que le comunica)
es la capital cabeza
de las siete de la hidra
que revisten en mi pecho
todo el volcán de sus iras,
y aunque es común para todos
la rencoriosa ojeriza
que contra tanto misterio
humo exhala y fuego espira,
hoy más en particular
me ofende por ser el día
que los católicos llaman
del Señor, y con festivas
aclamaciones le aplauden
de júbilos y alegrías,
mayormente en estos montes
que con el Austria confinan
que es donde tiene la fe
más vinculadas las dichas.
Dígalo la devoción
o el vaticinio lo diga
del gran Rodulfo de Austria.
Contarle se me permita,
por más sabido que sea,
que las heroicas noticias
tal vez faltaron calladas
y nunca sobraron dichas.
En la caza, pues, perdido
en la más obscura y fría
noche que vieron los Alpes
le amenazaron su ruina
con relámpagos las nubes,
los ríos con avenidas,
en cuyo conflicto siendo
su norte una mal distinta
luz, la siguió y halló que era
un sacerdote que iba
con el Sacramento al pecho
a una desierta alquería
a administrarle a un enfermo.
Apenas lo oyó su pía

devoción cuando arrojado
del caballo, la rodilla
en tierra, le adoró; luego,
poniendo al preste en la silla,
palafrenero de Dios,
el lampión que fue su guía
en la siniestra, y la diestra
en las camas de la brida,
descubierto a la inclemencia,
llegó donde recibida
la viática refacción,
con la reverencia misma
volvió a asistirle, que aunque
ya del pecho la reliquia
faltaba, del sacerdocio
ni faltaba ni podía
el carácter, para que
no le venere y le sirva
hasta dejarle en su iglesia,
que es esa pequeña ermita
del festejo de hoy, en cuya
amorosa despedida
el sacerdote le dijo
estas palabras; oídlas:
«Dios te honre como tú
le has honrado; Dios te asista
como tú le has asistido
y con su gracia infinita
te ampare como tú a mí
me has amparado y confía
en que te ha de pagar Dios
esta fineza con dichas
que en ti y en tu descendencia
se conserven sucesivas»,
dijo, y cumplió su palabra
Dios según desde aquel día,
ya en la paz con vasallajes,
ya en la guerra con conquistas,
todo fue felicidades,
hasta lograr que la invicta
cesárea imperial diadema
sus heroicas sienes ciña,
con que dando al vaticinio
honores de profecía
salió verdad: Federico,
de Austria archiduque lo diga,
cuarto nieto suyo, pues
siguiendo en todo su línea
también de archiduque de Austria
hoy el imperio domina,

de su fe heredero como
de sus cesáreas insignias.
Bien pensaréis que en él para
-según la fama publica
sus católicos blasones-
el ceño de su familia;
pues no, que Maximiliano
-no sé cómo lo repita-
hijo suyo y quinto nieto
de Rodulfo, es quien me obliga
a más temores, por ser
joven de cuya florida
primavera son las rosas
las virtudes que en él brillan:
fe, esperanza y caridad
no hay hora que no le asistan,
mayormente las que emplea
cada mañana en la misa
en cuya devoción tanto
se arrebata y fervoriza
contemplando los arcanos
misterios que significa
cualquier ceremonia de ella,
que le queda todo el día
del fervor de meditarlas
el gozo de repetirlas,
y siendo ansí que en memoria
del vaticinio es continua
estación que el día del Corpus
de todas estas campiñas
los rústicos moradores
concurran en esa ermita
con músicas y con danzas
-que a la devoción no implica
siendo en un jueves llorosa
el ser en otro festiva-
sabiendo que es en obsequio
de esa inmensa maravilla
que por aumento de gracia
llama el fiel Eucaristía,
con achaque de la caza
ha venido, conque a vista
suya licencias que suele
haber en las romerías
de no decentes cantares,
de no templadas bebidas
y viandas, de pendencias,
de vayas, bullas y gritas,
todas en quiete, no se oye
ni ve, a culto reducidas,

ni un baile que no sea honesto,
ni una voz que no sea digna,
conque porque no se quede
su celo sin mi malicia,
de ese callado volcán
he reventado la mina,
llamándoos a fin de que,
ya que, como dije, asistan
fe, esperanza y caridad
a ese joven, las compitan
León, Áspid y Basilisco.
Veamos, jurada la liga,
si en buen duelo, tres a tres
generosamente lidian.
Tú, Basilisco, pues tienes
tus venenos en la vista,
y a tu oposición la fe
en no tenerla confirma
sus méritos, contra ella
te prevén pues es precisa
la lid entre dos que tienen
armas para muerte o vida,
uno porque mira cuando
el otro porque no mira.
Tú, Áspid, pues que tus victorias
en la cautela se fían
cuando emboscada entre flores
tu ardiente ponzoña vibras,
prevén contra la esperanza
la astucia, que nadie quita
en la campaña al ardid
ser primor de la milicia,
que aunque es la esperanza en Dios
la flor de la siempreviva,
en metáfora de flores
la más brillante y más linda,
a la asechanza del áspid
que en ella escondido habita,
o el veneno la inficiona
o el aliento la marchita.
Yo, pues es la caridad
amor de Dios, y en mi envidia
no hay amor que no sea odio,
voluntad que no sea ira,
como león y dragón,
que en mí es una cosa misma,
de mis garras y mis presas
esgrimiré las cuchillas
hasta que la caridad
su amor a mi saña rinda.

Este es el duelo a que hoy
mis temores os animan,
mis sentimientos os mueven,
mis rencores os incitan,
mis cóleras os invocan,
mis armas os acaudillan,
y mis venganzas, en fin,
en su bandera os alistan.
Veamos si en mental batalla
de doméstica conquista,
contra la fe, la esperanza
y la caridad, militan
León, Áspid y Basilisco.
¿Qué importa que David diga
que el viador que en esperanza,
caridad y fe camina,
sobre dragón y león,
basilisco y áspid pisa?

<table>
<tr><td>ÁSPID</td><td>

Tanto, rugiente monarca
de los montes, participa
mi rencor de tus rencores,
que ofrezco de parte mía
el triunfo de la esperanza
con maña tan exquisita,
que sea el ardid conservarla
primero que destruirla,
pues como ladrón de casa
cuando entre flores me finja,
a imitación del primero
jardín, será esfera mía
el segundo paraíso,
vergel de la ley escripta;
en él, pues, el hebraísmo
mis lisonjeras caricias
avenenarán de suerte
que negando la venida
de Cristo, con la esperanza
de que ha de venir, persista
en negar sus sacramentos,
conque el de la Eucaristía,
en su esperanza negado
hallarás, que aunque es distinta
esperanza una de otra,
conviene que mi nociva
cicuta la una conserve
para que a la otra compita;
con que el Áspid desde aquí
en frase de alegoría,
símbolo del judaísmo
</td></tr>
</table>

será.

BASILISCO   Con esa acción misma
yo, pues es ciega la fe,
poniendo en ella la mira
de mi prespicaz veneno,
procuraré prevertirla
entrando por el oído
su tósigo a persuadirla
no crea lo que no ve,
a cuyo efecto, valida
mi saña de varios dogmas
que sutiles contradigan
la real asistencia de ese
vivo pan y sangre viva,
vendrá a ser el basilisco,
inficionando la vista
que no cree lo que no ve,
símbolo de la herejía.

DEMONIO   Pues ya que ambos a las dos
las declaráis enemigas,
yo a la caridad opuesto,
declararé la osadía
del que negando que hay Dios
símbolo es del ateísta,
conque mi aborrecimiento
veréis que rayos fulmina
contra su amor y el de cuantos
los aplausos solemnizan
de ese alto sacramento,
por más que a voces repitan:

MÚSICA   **(Dentro, a lo lejos.)** Pues es día de contento,
de placer y de alegría,
regocíjese la tierra,
que el cielo se regocija
y gócese el día
de ver que la tierra
y el cielo compitan
lloviendo favores,
finezas y dichas.

ÁSPID   Ya todos, la ceremonia
eclesiástica cumplida,
vuelven al valle y al baile
festejando su armonía
a Maximiliano en tropas
por todo el campo esparcidas.

BASILISCO   Para mezclarnos con ellos
                forzoso será seguirlas.

DEMONIO   Y forzoso, pues llevamos
                ya en la mente introducida
                la alegórica ficción,
                para no ser conocida
                nuestra cautela, que el arte
                diabólico que os inspira,
                en aparentes objetos
                de labradores nos vista.

BASILISCO   Dices bien.

ÁSPID   Por esta parte
                como gente advenediza
                que a la fama del festejo
                viene de distantes villas
                al encuentro les salgamos.

DEMONIO   Y porque mejor se finja
                venir al festejo, nuestras
                voces con las suyas digan:

ELLOS Y MÚSICA Pues es día de contento,
                de placer y de alegría,
                regocíjese la tierra,
                que el cielo se regocija
                y gócese el día
                de ver que la tierra
                y el cielo compitan
                lloviendo favores,
                finezas y dichas.

(Con esta repetición se entran los tres, y salen en tropa los Músicos, vestidos de villanos, y entre ellos, de pastoras, la FE, la ESPERANZA y la CARIDAD, la ALEGRÍA y el PENSAMIENTO, un sacerdote anciano, y detrás de todos, MAXIMILIANO, Archiduque, vestido a lo flamenco, bailando todos delante de él.)

ESPERANZA   (**Cantado**.) Gócese el día en que goza
                la esperanza que la risa
                del alba cuaje el rocío
                en la piel más tersa y limpia.

MÚSICA   Gócese el día.

CARIDAD	Gócese el día en que ve la piedra de un tronco herida dar la caridad el agua más pura y más cristalina.

CARIDAD   Gócese el día en que ve
la piedra de un tronco herida
dar la caridad el agua
más pura y más cristalina.

MÚSICA   Gócese el día.

FE   Gócese el día en que logra
ver la fe que se destila
miel en boca de león
que vírgenes flores liban.

MÚSICA   Gócese el día.

[ALEGRÍA]   Gócese el día que el pan
de la caridad nos quita
el hambre, y el día que el vino
de la caridad nos brinda.

MÚSICA   Gócese el día.

(**Salen** DEMONIO, ÁSPID **y** BASILISCO **de villanos**.)

LOS TRES   ¿«Gócese el día»?

TODOS Y LA MÚSICA   De ver que la tierra
y el cielo compitan
lloviendo favores,
finezas y dichas.

PENSAMIENTO   ¿Qué gente, Alegría, es aquesta
que en tu baile entremetida
ves?

ALEGRÍA   No sé, Pensamïento,
que jamás de mí fue vista.
¿Pero qué mucho, si hay
tantas aldeas vecinas
que haya alguna que no sea
de nosotros conocida?

[PENSAMIENTO]   Pardiez, ella buena gente
puede ser, pero malditas
cartas traen de favor
en las fachadas escriptas.

CARIDAD Y ESPERANZA   Dinos, Fe, qué gente es ésta.

FE

Ella, virtudes divinas,
lo dirá, que por sus obras
-sagrado texto lo explica-
se conoce el lobo aunque
la piel de oveja se vista.

ÁSPID

Virtudes y labradores
todos con ceño nos miran.

DEMONIO

Las virtudes como siempre
pierden los vicios de vista
dudan el disfraz, mas no
por eso temáis que digan
quién somos mientras que Dios
éste u otros nos permita.
[**A todos.**] Porque lleguemos nosotros
llamados de la festiva
celebridad vuestra, no
cese el baile.

PENSAMIENTO

        Pues prosiga

MÚSICA Y TODOS

Gócese el día
al ver que la tierra
y el cielo compitan
lloviendo favores,
mercedes y dichas.

MAXIMILIANO

No sé cómo encareceros,
amigos, cuánto os estima
mi devoción vuestro celo.
Muy vieja está vuestra ermita
y desmantelada; yo,
de su amenazada ruina
mandaré que se repare
y enviaré a su sacristía
ornamentos que la tengan
menos pobre, si no rica
tanto como yo quisiera.

SACERDOTE

Mil siglos, gran señor, viva
vuestra gran piedad.

MAXIMILIANO

              ¿Sois vos
el preste que en ella habita?

SACERDOTE

Sí, señor.

MAXIMILIANO   Por vuestro güésped
me tened, que mi venida
ha de ser a esta estación
desde agora muy continua.
Da razón, conque el afecto
no se glose a hipocresía,
que soy inclinado a caza
y me dicen que la crían
muy abundante estos montes.

SACERDOTE   ¿A qué príncipe no inclina
su noble divertimiento
tan digno de las fatigas
que traen consigo las reales
tareas?, y si mi dicha
os mereciere tal vez
honrarme, quizá algún día,
aunque pobre sacerdote,
en más que pensáis os sirva.

MAXIMILIANO   Quedad en paz; avisad
a los monteros me sigan
que hacia la falda de aquese
monte que al cielo confina
tanto que si es cumbre o nube
su extremo no se divisa,
me hallarán.

(**Sale el** ÁNGEL.)

ÁNGEL   Ya está, señor,
dispuesta allá la batida,
que como guarda soy tuya
en el monte prevenida
la dejé, aunque con temor
de las fieras que le habitan.

MAXIMILIANO   Todo es lo que Dios quiere.

ÁNGEL   Tal vez quiere Dios que aflijan
penas al justo porque
se conviertan en delicias
acrisoladas al fuego
de su amor.

SACERDOTE   Si mi osadía
se atreviera a suplicaros...

MAXIMILIANO   ¿Qué os turba? ¿Qué os desconfía?
Pedid, ¿qué queréis?

SACERDOTE   Que no
salgáis, señor, tan aprisa
al monte, porque los aires
que al filo del mediodía
corren, cuando más ardiente
el sol derrite la riza
nieve de las cumbres, tanto
destemplan su helado clima,
que pastores y ganados
en su mutación peligran.
Esperad que caiga el sol,
que aun al sol cuando declina
le pierden el miedo cuantos
le ven que va de caída.

TODOS   Lo que él te suplica todos
a tus plantas te suplican.

MAXIMILIANO   A tan noble ruego ingrata
mi benignidad sería
si no respondiese a él
afable y agradecida,
y así a la sombra de aquestas
verdes hiedras que tejidas
de olmos, sauces y laureles,
les sirven de celosías,
mi dosel siendo sus copas
y sus riscos mi real silla,
esperaré hasta que el sol

(Siéntase en un peñasco.)

hiera con luces más tibias.
¡Oh, Señor, quién ponderara
los misterios de la Misa
que acabo de oír!

ÁNGEL   Di que el cielo
te escucha pues que te inspira.

MAXIMILIANO   Llora Adán de su patria desterrado
y el preste fuera del altar le imita:
de promisión la tierra solicita
en llegarse al altar significado.
Clama el imbo y en lágrimas bañado
a los quiries que Dios piadoso admita;
sigue la gloria y de la ley escripta
trueca el Misal con la de gracia el lado;
ofrece al Padre en agua y vino unida
divinidad y humanidad, y Santo

de Ángeles con el coro le apellida;
ora un *memento*, y siendo sangre el llanto,
señal de muerte en la hostia es pan de vida...

SACERDOTE   ¡Oh cuánto hay que admirar, oh cuánto, oh cuánto!
¡Qué suspenso le ha dejado
alguna melancolía!

PENSAMIENTO   ¿Qué haremos para que esté
divertido?

ALEGRÍA   Que prosiga
el baile.

TODOS   De baile vaya.
MAXIMILIANO   Dejad fiesta tan prolija.
Mejor será que sentados
todos en esta florida
estancia, descanséis, que ésta
es licencia permitida
que da el campo. Sentaos pues.

PENSAMIENTO   Necio será el que replica
al amo cuando le manda
lo mismo que él se codicia.

VIRTUDES   Vamos tomando lugares.

PENSAMIENTO   Vos, gente recién venida,
¿no os acomodáis?

LOS TRES   Si dais
licencia.

PENSAMIENTO   Eso no es pedirla
sino tomarla.

MAXIMILIANO   ¡Oh, Señor,
cuál el ser mejor indicia
la sencillez en los montes
que el fausto en las monarquías.

ÁNGEL   ¡Oh cuánto campo descubre
el teatro de la vida
el día que en una escena
vicios y virtudes cifra.

ALEGRÍA

Ya que esto es sólo hacer tiempo,
porque no haya en todo el día
hora ociosa que no sea
motivo de mi alegría,
Pensamiento, inventa un juego
que procure divertirla.

PENSAMIENTO

Sí haré, si me das licencia.

MAXIMILIANO

Tú la tienes sin pedirla.

PENSAMIENTO

Pues no ha de ser inventado,
sino un juego que en la aldea
suele jugarse otras veces.

TODOS

¿Cómo es?

PENSAMIENTO

        De aquesta manera.
Yo he de preguntar si uno
dejara de ser, qué fuera
poniéndolo en su elección,
y él me ha de dar la respuesta
en razón fundada; luego,
porque más sainete tenga
ha de explicarse en un mote
tal que la música pueda
repetirle, y en no siendo
la razón que diere buena
todos le han de dar la vaya
y él cumplir la penitencia
que el preste, que ha de ser juez,
le señale.

TODOS

        Norabuena.

PENSAMIENTO

Pues vaya de juego y vaya de fiesta.

MÚSICA

Vaya de juego y vaya de fiesta.

PENSAMIENTO

Y el que errare que cumpla la penitencia.
Vos, bellísima zagala,
que os sentasteis la primera,
si dejárais de ser ¿qué
quisierais ser?

ESPERANZA

        Quisiera
ser la más humilde espiga
de cuantas en todas esas
mieses dora el sol.

PENSAMIENTO   ¿Por qué?

ESPERANZA   Porque es la planta que puesta
                                 la esperanza solo en Dios,
                                 vive de su providencia.
                                 A todas las demás plantas,
                                 aunque todas viven de ella,
                                 las siembra el agricultor,
                                 y avaramente en la tierra
                                 las guarda y, causa segunda,
                                 las fertiliza, las riega,
                                 las cerca, limpia y escarda
                                 hasta que nazcan y crezcan,
                                 pero la espiga inmediata
                                 a Dios, no sólo encubierta
                                 la esconde el labrador, pero
                                 la arroja, que no la siembra,
                                 ¿que más puede la esperanza
                                 fiar de Dios que ver que puesta
                                 toda su hacienda en su mano,
                                 da al aire toda su hacienda;
                                 y demás de la esperanza
                                 de que Dios le cuide de ella,
                                 le queda la de que puede
                                 ser su dicha tan inmensa
                                 que de ella se amase el pan
                                 de aquella cándida oblea
                                 que no consagrada diga
                                 como remota materia:
                                 (**Canta**.)   «aunque no es mío el poder
                                 ni soy el hijo del Padre,
                                 ni nací de virgen madre
                                 ni soy Dios, lo puedo ser».

TODOS Y MÚSICA   Viva el placer
                                 y sólo a la espiga cuadre
                                 que sin ser suyo el poder
                                 ni nacer de virgen madre
                                 ni ser Dios, lo puede ser.
PENSAMIENTO   Vos, extranjero pastor,
                                 ¿qué quisierais ser?

ÁSPID   Si fuera
                                 posible no ser quien soy
                                 y ser lo que yo quisiera
                                 fuera la palma.

PENSAMIENTO   ¿Por qué?

ÁSPID

Porque es la palma la reina
de todas las demás plantas
y más a la espiga opuesta:
ella en una débil caña
nace tan a la inclemencia
que cualquier aura la dobla
y cualquier cierzo la hiela;
la palma robusta tanto
resiste a las inclemencias
que aún con el peso oprimida
mas que se agobia, se alienta.
Tener la espiga esperanza
de que puede ser que sea
Dios, para no conseguirla,
mejor fuera no tenerla,
como la palma que no
da su fruto a quien la siembra
y la edad de su esperanza
a siglos de siglos cuenta
mantenida en que es forzoso,
aunque ahora tarde, que venga
a dar su esperado fruto.

MAXIMILIANO

Calla, no prosigas, cesa,
porque esperanza que a siglos
se mide parece hebrea
esperanza, que en traiciones
de escondido áspid intenta
que en las flores de un festejo
pasen las burlas a veras.
Prosiga el juego.

ÁSPID

           ¡Ay de mí
que al mirarle el alma tiembla!

ÁNGEL

¡Oh, batalla de virtudes
y vicios, lo que me cuestas!

TODOS Y MÚSICA

Vaya, vaya, el que necio la elección yerra;
déle el sacerdocio la penitencia.

SACERDOTE

La penitencia será
el que la esperanza pierda
y quede con la esperanza
porque a un mismo tiempo sea
no tenerla su castigo
y su castigo tenerla.

TODOS Y MÚSICA   Vaya, vaya, y cumpla la penitencia.

PENSAMIENTO   Si vos dejarais de ser

                        qué fuérades decid.

FE   Fuera,
                        pues ya a la espiga eligió
                        la esperanza, en competencia
                        suya yo la vid.

PENSAMIENTO   ¿Por qué?

FE   Por ser más humilde que ella,
                        que ella por lo menos ya
                        bien que en débil caña tierna,
                        de la tierra se levanta,
                        mas la vid al tronco presa
                        nace, crece y fructifica
                        arrastrando por la tierra,
                        y en cuanto a que la esperanza
                        de ser pan y que el pan sea
                        viva carne (que sin sangre
                        no fuera viva), me deja
                        para que sea sangre el vino
                        segura la consecuencia
                        y el mérito de que viendo
                        la fe pan y vino crea
                        carne y sangre con que puedo
                        decir con su razón mesma
                        (**Cantando**.)   que si la esperanza cree
                        lo que espera ver, yo creo
                        lo que oigo pues ya lo veo
                        con los ojos de la fe.

MÚSICA Y TODOS   De todos diga el deseo
                        que si la esperanza cree
                        lo que espera ver, yo creo
                        lo que oigo pues lo veo
                        con los ojos de la fe.

PENSAMIENTO   ¿Vos que quisiérades ser?

BASILISCO   Si yo elegir ser pudiera
                        ni fuera espiga ni vid,
                        humildes plantas pequeñas;
                        antes en su oposición
                        escabroso espino fuera.

PENSAMIENTO   ¿Por qué?

BASILISCO   Porque en la elección
                     de aquella rústica dieta
                     que los árboles hicieron
                     a elegir rey, la soberbia
                     de verse armado de espinas,
                     arqueros de su defensa,
                     fue sólo el que se atrevió
                     a tan gloriosa tarea
                     como reinar y el día que
                     yo rey de las plantas fuera,
                     a la espiga y a la vid
                     mandara que no creyeran
                     lo que no ven, porque ¿cómo
                     puede la vista que llega
                     a ver pan y vino, dar
                     fe ni esperanza que sean
                     carne y sangre, y cuando...

MAXIMILIANO   Calla
                     que también esa propuesta
                     hija es de la apostasía
                     y antes que...

BASILISCO   ¡Qué ansia, qué pena!

MAXIMILIANO   Pero ¿qué digo? Reprima
                     mi justo enojo, no sea
                     que éste espante a los demás
                     protestantes que desea
                     mi padre echar de Alemania.
                     Disimule, el juego vuelva.

TODOS Y MÚSICA   Vaya, vaya, el que necio la elección yerra
                     déle el sacerdocio la penitencia.

SACERDOTE   Quien no cree lo que no ve
                     y pone toda la fuerza
                     de su veneno en la vista,
                     apóstata se semeja
                     el basilisco, que el aire
                     con sólo mirar infesta,
                     y así a fuer de basilisco
                     le condeno a que se vea
                     en una fuente porque
                     la vista a su vista pierda.

TODOS Y MÚSICA   Vaya, vaya, y cumpla la penitencia.

PENSAMIENTO   ¿Vos...

CARIDAD   Antes que tu pregunta
                        llegue, llegue mi respuesta:
                        yo ser quisiera una fuente
                        clara, pura, limpia y tersa
                        perene raudal de gracia
                        en que aquese áspid se viera
                        no porque muriera al verse,
                        sino porque al verse viera
                        su fealdad y ella lograse
                        la caridad de la enmienda,
                        no sólo en él sino en toda
                        la humana naturaleza,
                        cuando en su cristal lavadas
                        las manchas transcender pueda
                        a lograr los dulces frutos
                        de espiga y vid con fe cierta
                        de que en ella confirmada,
                        después de la Penitencia
                        la Comunión le dé el Orden
                        Sacerdotal, cuya excelsa
                        dignidad el Matrimonio
                        propague en su descendencia
                        siempre católica hasta
                        acompañarla en la extrema
                        necesidad, siendo, en fin,
                        mi clara fuente la puerta
                        del fiel para todos siete
                        Sacramentos de la Iglesia
                        diciendo bien como Amor
                        de Dios por su boca mesma,
                        (Cantando.) venid a donde os reciba
                        la caridad, que a merced
                        suya para toda sed
                        es la fuente de agua viva.

TODOS Y MÚSICA   Con festiva
                        ansia, mortales, corred
                        y venid donde os reciba
                        la caridad, que a merced
                        suya para toda sed
                        es la fuente de agua viva.

PENSAMIENTO   ¿Vos?

DEMONIO   No a mí me preguntéis
                        que no os he de dar respuesta.

PENSAMIENTO   ¿Por qué?

DEMONIO   Porque yo no puedo
                      desear ser lo que no sea
                      volverme a ser lo que soy,
                      que es inflexible mi esencia
                      y si hubiera de escoger
                      nuevo ser, sólo escogiera
                      el ser Dios o como Dios.

MAXIMILIANO   ¡Reviente aquí mi paciencia!
                      Pues ¿cómo, blasfemo...

ÁNGEL   Aguarda,
                      que castigar su soberbia
                      a mí me toca, que soy
                      tu real guarda en estas selvas.

DEMONIO   Bárbaro ¿quién como Dios?
                      Tente, tente, que me acuerdas
                      en esta aparente lid
                      tu victoria y mi tragedia;
                      mas no me doy por vencido,
                      que si Dios me da licencia
                      o he de acrisolar la fe
                      de Austria o acabar con ella
                      de una vez en este joven
                      pues sólo en él se conserva
                      la subcesión de su real
                      católica descendencia.   (**Vase.**)

MAXIMILIANO   Seguidle todos, seguidle.

ÁNGEL   Tras él iré hasta que vea
                      el término a que le alarga
                      Dios la arrastrada cadena
                      para mayor gloria suya.

ÁSPID   Áspid soy, entre estas hierbas
                      (**Escóndese.**) me esconda, no contra mí
                      todo este furor se vuelva.

BASILISCO   Huya el basilisco donde
                      ni sea visto ni le vean.

CARIDAD   ¡Qué espanto!

FE   ¡Qué confusión!

ESPERANZA   ¡Qué asombro!

TODOS   (**Dentro**.)   ¡Guardá la fiera!

MAXIMILIANO   ¿Qué nuevo estruendo es aqueste?

UNOS   ¡Al monte!

OTROS   ¡Al valle!

OTROS   ¡A la selva!

MAXIMILIANO   Alguna fiera ha caído
en la batida. ¿Qué espera
mi valor? Dadme un venablo,
que él ha de ser quien la venza
y no hará nada, pues ya
perdido el recelo lleva,
en las fieras que ha lidiado
aquí, a todas cuantas fieras
los ceños del Alpe aborte.

VOCES   (**Dentro**.)   Al monte, al valle, a la selva.

ÁSPID   Ya que yo áspid escondido
he quedado, y la maleza
del bosque entre su espesura
me da el paso, sin más senda
que la que abra mi osadía
siempre de ramas cubierta,
de la batida he de ver
el efecto; ya desde esta
parte descubro la más
enmarañada aspereza
de la falda de este Adlante
que la cerviz de la tierra
con su pesadumbre oprime,
que con su estatura estrecha,
el aire, nubes y cielos
asalta con su soberbia.

UNOS   (**Dentro**.)   ¡Monteros!, ¡al monte!

OTROS   ¡Al llano!

TODOS   ¡Pastores, guardá la fiera!

ÁSPID   ¿Qué miro? Parto feroz
de las más incultas breñas
un león sale y para mí,
que no hay reservadas señas,
revestida en él está

de otro león la fiereza,
si ya no es que esté imitada
en fantástica apariencia,
pues según exhala fuego
su anhélito, y según muestra
sólo a mi vista, que a rayos
la desmelenada greña
le está forjando las armas
de sus garras y sus presas,
mortal espíritu es
el que en él asiste.

MAXIMILIANO   Espera,
bruto rey de estas montañas,
que aunque tan solo me dejan
no has de alabarte de que
a tu horror la espalda vuelva.
¿Cómo, si eres noble, huyes?
Mas yo, aunque valor no sea
seguir al que huye, no obstante,
más que por fama por tema
te he de seguir hasta que
de este venablo sangrienta
la cuchilla tremolada
en tus entrañas se vea,
por más que veloz te encumbres
en la impenetrable cuesta
de estos intrincados riscos.

ÁSPID   ¡Qué valor! Con él se entra
hasta las nunca pisadas
estancias de humana güella.
Perdidos de vista ya
no se divisan. ¡Quién fuera
águila para volar
tan alta que lidiar viera
el nunca pensado duelo
en campaña tan desierta
que enmarañada de nubes
aun el sol no puede verla.
Veré si desde otra parte
algo descubro.

MAXIMILIANO   Ya en esta
cumbre no hay a dónde huyas.
En pie se ha puesto y me espera
desafiándome a brazos,
cuerpo a cuerpo y fuerza a fuerza.
Tener pavor no es tener
temor y cuando lo sea,

valor es tener temor;
quien tenido le desprecia:
arrojado este venablo
lo diga; llega, pues llega
que ya en las armas iguales
estamos.

DEMONIO   Pues me destierran
a mis abismos sus montes,
sus montes tras mí se vengan,
que a mis rencores les basta
dejarle a las inclemencias
donde al hambre, sed y hielo
desesperado fallezca.

(Luchan los dos, húndese el monte con el león, quedando en la cumbre MAXIMILIANO y suena dentro ruido de terremoto.)

UNOS   **(Dentro.)** ¡Qué asombro!

OTROS   ¡Qué confusión!
OTROS   ¡Qué desdicha!

OTROS   ¡Qué tragedia!

MAXIMILIANO   Valedme, cielos, que a tanto
prodigio como que vea
que no sólo entre mis brazos
el monstruo se desvanezca,
sino que a su pavoroso
rugido los montes tiemblan
despedazándose a trozos,
risco a risco, y peña a peña,
no hay fuerza que no desmaye,
valor que no se estremezca
¿Qué es esto, cielos? Mas ¿cómo
el pasmo saberlo intenta,
si aún cobrado de él no habrá
discurso que lo comprenda,
y pues el bajar de aquí
es la primer diligencia
reconoceré por dónde,
(ya que por aquí no hay senda)
podré descender al valle. **(Vase.)**

VOCES   **(Dentro.)** Al riesgo de tan deshecha
fortuna, entrar en su busca
procure la lealtad nuestra.

SACERDOTE   (**Dentro**.)   Llamadle, por si los cielos
nos permiten que parezca.

UNOS   Príncipe invicto del Austria.

OTROS   Dueño nuestro.

(**Sale** FEDERICO, **Emperador**, **con algunos de acompañamiento**.)

OTROS   Augusto César.

TODOS   Glorioso Maximiliano.

FEDERICO   Cielos ¿qué voces son estas
y qué precipicio aquél
con que un monte se despeña
de otro monte? Mal el Alpe
me agradece la fineza
con que a él vengo cuidadoso
de que tanto se detenga
Maximiliano en su caza,
pues ha esperado a que sea
testigo yo de su ruina.

TODOS   Al llano, al valle, a la selva.

FEDERICO   Y más cuando porque añada
el dolor de oírla al de verla,
todo es lamentos el aire
y todo estragos la tierra.
¿Qué habrá subcedido?

ÁSPID   (**Sale**.)   Ya
que ha logrado su fiereza
el león, tiempo es de que
logre el áspid su cautela,
y pues uno al desamparo
es preciso morir, muera
otro al dolor. [**Alto**.] ¡Qué desdicha,
qué lástima!

FEDERICO   Aguarda, espera
¿qué es eso villano?

ÁSPID   ¿Qué
quieres, gran señor, que sea
sino la mayor desgracia
que se escribe ni se cuenta
ni en las láminas del tiempo
ni de la fama en las lenguas.

Maximiliano... no puedo
proseguir.

FEDERICO
               Por mal que empiezas
peor acabas, pues que quieres
que en copa penada beba
el veneno. Di, prosigue.

ÁSPID
Tras una ignorada fiera
en el monte se enfoscó
sin que ninguno pudiera
seguirle, al tiempo que el monte...

FEDERICO
No lo digas, ¡qué desdicha!;
en sus fragmentos lo dice
su caduca ruina envuelta.
¡Ay infelice de quien
siente el sentir que no sienta
tan gran pena que no muere
a manos de tan gran pena!
¡Oh montes de Alpe, mejor
montes de Gelboé, dijera
con David, sobre vosotros
ni el cielo su rocío llueva,
ni haya flor, ni fruto, ni
la luz del sol amanezca,
que si la nobleza allá
de Israel murió, la nobleza
del Austro aquí, pues...

BASILISCO
(**Sale**.)   En vano,
gran señor, te desconsuelas
que Maximiliano vive.

FEDERICO
¿Qué dices?

BASILISCO
              Que porque veas
cuán piadosa con él anda
la fortuna, en la eminencia
de la cumbre, que quedó
de su precipicio exenta
lo prespicaz de mi vista
le ha alcanzado a ver por señas,
que anda por ella buscando
la bajada que no encuentra.

FEDERICO
¿Cómo que no? Ahora los brazos
en albricias de tal nueva
toma y espera mayores
mercedes en recompensa.

Seguidme todos que yo
por él subiré a que sepa
que hay por adonde yo suba
paso para que él descienda.   (**Vase.**)

BASILISCO

¿Cómo es posible que cuando
mi furor matarle intenta
con el dolor de que muerto
su hijo entre esas ruinas crea
con las nuevas de que vive
tú a darle consuelo vengas?

ÁSPID

¿Qué consuelo, si no es
posible le favorezca
humano poder a donde
tan desamparado queda,
que sin poder socorrerle
de hambre y sed morir es fuerza?
(**Dentro.**)   Imposible es la subida.

(**Sale** DEMONIO.)

DEMONIO

Dice bien ¿qué mayor pena,
que nadie hasta agora tuvo,
que ver que de hambre perezca
lo que amó, y que a mí me sobra
lo que a él no le remedia?
Dígalo de tanta gente
inútil la diligencia
con que afligidos a todas
partes la montaña cerca
sin poder hallar subida,
según tajadas las peñas
quedaron impenetrables
al risco que le conserva.
Pues porque no sospechosos
nos hagamos, la deshecha,
ya que aparentes visibles
nos hizo la industria nuestra,
sus quejas con los demás
digamos, al oír sus quejas.

(**Vanse.**)

TODOS

Imposible es el socorro.

FEDERICO

¡Qué ansia!

TODOS

                ¡Qué angustia!

MAXIMILIANO   (**En lo alto del monte.**) ¿Qué pena
pudo igualarse a la mía,
pues efímera parece,
que con el día amanece
y fallece con el día.
La poca cumbre que ha sido
en mi deshecha fortuna
tabla del naufragio, una
y mil veces he corrido
sin que vereda ni indicio
de bajada en ella vea
que temeridad no sea,
que no sea precipicio
en que católico yo
como tal debo advertir
que nací para morir
mas para matarme no,
porque mi vida no es mía:
Dios me la dio y si Él permite
que este pasmo me la quite
y con él por ella envía
cúmplase su voluntad,
que yo con ella la doy
muy conforme, que aunque estoy
en tan yerma soledad
donde aún la hierba no puede
mantenerme como a un bruto,
ni de una fuente el tributo
alivio a la sed concede,
ni un árbol que me haga sombra
u abrigo al sol que me abrasa
u al aire que me traspasa,
nada me aflige ni asombra,
porque sólo el sentimiento
que en mí dura es el morir
sin que pueda recibir
aquel alto sacramento
que con tanta fe adoré;
pero si yo mereciera
esa piedad, blasón fuera
de los triunfos de la fe,
no mérito... mas ¡ay, cielos!,
¿cómo ha de poder subir
el preste, ni quien oír
mis últimos desconsuelos,
si el aire que aquí veloz
siempre corre, que es su media
región, para más tragedia
me desvanece la voz?
¿Cómo, pues, pediré yo

que me le traigan al valle
para que pueda adoralle,
ya que recibille no,
y más a la hora que el día,
transponiendo el horizonte
va dejando prado y monte
a la obscura noche fría,
conque aun el poco consuelo
que de ver gente tenía,
presumiendo que podría
ser que encontrase su anhelo
subida al monte, me falta
con la esperanza pequeña
de que entenderían mi seña
desde una cumbre tan alta.
Mas no por eso el cruel
estado en que ahora me veo
descaezca en el deseo
de haber de morir con él.
Daré voces, que quizá
no habiéndome hasta aquí oído,
con la quietud que sin ruido
la noche al silencio da
podrá ser que repetida
del eco alguna razón
acuda a mi devoción
que importe más que a mi vida.
¡Ah del valle!

(Sale FEDERICO y criados.)

[FEDERICO]   Para mí
no hay consuelo en tan terrible
pena, al ver cuán imposible
es el socorro, y así
a solo Dios apelemos.
Acudid a la ciudad,
a que su inmensa piedad
con religiosos extremos
de una común rogativa
y sacrificios, nos dé
algún ingenio con que
pueda treparse esa altiva
cumbre, que a cualquier persona
que halle medio en su favor
ofrece darle mi amor,
la mitad de mi corona.

1.º   ¿Quién en tan grande aflicción,
señor, en el mundo hubiera

que por su vida no diera
la mitad del corazón?

2.°

Y pues la noche ha cerrado
tan lóbregamente fría
hasta que amanezca el día
para volver al cuidado
de ver si vencerse puede
la altura, a esa pobre ermita
recogerte solicita.

FEDERICO

Ningún descanso concede
tan grande pena. De aquí
no me tengo de apartar.
Días y noches estar
tengo, ¡ay infeliz de mí!,
en esta falda hasta que
o le vea socorrido
o él a mí me vea rendido
también a la muerte, en fe
de que en ella acompañalle
supe, pues si él muere no
es posible vivir yo.

MAXIMILIANO

Clame otra vez: ¡Ah del valle!

FE

¡Ah del valle!

ESPERANZA

¡Ah del valle!

CARIDAD

¡Ah del valle!

FEDERICO

¿Habéis oído algunos ecos?

1.°

Sí, señor.

2.°

Dentro han sonado del monte.

FEDERICO

Habránse quedado
en la ruina algunos güecos
en que resuena la voz
de alguien que distante se halle
y dice a otros.

MAXIMILIANO

¡Ah del valle!

FE

¡Ah del valle!

ESPERANZA

¡Ah del valle!

CARIDAD   ¡Ah del valle!

FEDERICO   Y vuelve a decir la voz...

MAXIMILIANO   Oíd.

FE   Oíd.

MAXIMILIAN   Escuchad.

ESPERANZA   Escuchad.

MAXIMILIANO   Atended al lamento.

CARIDAD   Atended al lamento.

LAS TRES   Oíd, escuchad, atended al lamento.

MAXIMILIANO   Y dígale el eco.

FE   Dígale el eco.

ESPERANZA   Dígale el eco.

CARIDAD   Dígale el eco
aunque el viento lo calle.

LAS TRES   ¡Ah del valle:
oíd, escuchad, atended al lamento
y dígale el eco
aunque el viento lo calle.

TODA LA MÚSICA   ¡Ah del valle, ah del valle, ah del valle!

MAXIMILIANO   Oíd, atended, escuchad mi lamento.

1.º [Y] 2.º   ¿Qué voces estas serán
que oímos y no conocemos?

FEDERICO   Otra vez las escuchemos
quizá ellas nos lo dirán.

MAXIMILIANO   Si la lealtad o el valor
mi vida intenta, no sea,
vasallos, la que desea
mi amor sino vuestro amor;
yo muero desfallecido
más que del susto al espanto,
del sol y el aire al quebranto,
al hambre y la sed rendido.

Traedme al alto Sacramento,
porque estoy para expirar,
donde le pueda adorar,
pues sólo con ese intento
a despecho del vïento
dije por más que él lo calle:
¡Ah del valle!,
oíd, atended, escuchad mi lamento.

FEDERICO   De Maximiliano es
la voz, si ya no el deseo
la finje en mi devaneo.
¿Responderéle? Sí, pues
no en vano mi amor confía
que su voz misterio incluya,
y que quien me tray la suya
también llevará la mía.
¡Ay infelice hijo mío,
quién en desdicha tan fiera
enviarte envuelta pudiera
en el llanto que te envío
alma y vida!

MAXIMILIANO   Ya, señor
y padre, mi ansia no es
ansia, sino dicha, pues
es para mí la mayor
el que tu bendición lleve:
ésta te pido y te ruego
que hagas que me traigan luego
el Sacramento, que es breve
el término de mi vida
y ya que sacramental
no puedo, espiritual
comunión es bien que pida.

FEDERICO   Si algún consuelo pudiera
tener en tanta aflicción,
ver en ti la devoción
de tus abuelos lo fuera
y así para tener parte
en esta heredada dicha,
a pesar de la desdicha
ese consuelo he de darte.
Yo mismo por él iré;
venid todos, que pretendo
que todos vengáis sirviendo
al misterio de la fe.
Tú espera que al arrebol
primero que el monte dora

te ha de amanecer la aurora
pues te ha de alumbrar el sol.

MAXIMILIANO

Sea crisol
de la fe con que le pido
haber oído
desde tan lejos mi acento
cuando a despecho del viento
dije por más que él lo calle:

ÉL Y MÚSICA

¡Ah del valle!
Oíd, atended, escuchad
mi lamento.

(**Sale el** DEMONIO, ÁSPID y BASILISCO.)

DEMONIO

¡Qué tormento
pudo el cielo a mi horror dalle
mayor que para adoralle
le traigan el Sacramento!

BASILISCO

Las virtudes que le asisten
ecos de sus voces fueron
con que todos las oyeron.

ÁSPID

No sólo en eso consisten
los favores que le dieron
sus auxilios, sino en que
tanto con ellos alcanza
el vivo pan en que cree,
que va por él la Esperanza
a que le traiga la Fe.

DEMONIO

No es esa mi más cruel
pena, ni mayor dolor
sino que constante y fiel
la Caridad, que es amor
de Dios se quede con él.

BASILISCO

Añade a nuestro despecho,
viendo que en la ermita no hay
ornamentos de provecho,
la prisa con que le tray
el sacerdote en el pecho.

ÁSPID

Y otra aún no menos aguda
hay que aquí el dolor acuda
y es el ver cuán reverente
viendo con él tanta gente
a lo lejos le saluda.

MAXIMILIANO   Salve, oh gran sacrificio, que primero
                   en Abel figuró blanco cordero,
                   blanco maná en Moisés y con opimo
                   fruto en Caleb y Arón blanco racimo,
                   subceniricio viático en Elías
                   y exprimido licor en Isaías.
                   Salve, oh tú, soberano
                   don que a Abraham gloriosamente ufano
                   dio de Melquisedech el pan y el vino,
                   salve, panal divino,
                   que en boca del león que muerto deja
                   labró a Sansón artificiosa abeja,
                   providente tesoro
                   que sin oro José dio en granos de oro,
                   y contra su fatiga
                   vio en masa Abigail, Ruth en espiga,
                   pan de proposición, oblación pura
                   y sobre substancial vida y dulzura,
                   antídoto inmortal de nuestro pecho,
                   memoria del amor, vínculo estrecho
                   de caridad, manjar del elegido,
                   cáliz de bendición, Dios escondido,
                   influencia divina
                   de liberalidad, y peregrina
                   dádiva trascendente de incruento
                   misterio: ¡salve, oh tú, gran Sacramento,
                   de tu pasión memoria,
                   prenda feliz de la futura gloria,
                   y permite ante ti mis culpas llore
                   y como pueda desde aquí te adore.

DEMONIO   Tanto este elogio me asombra
                   que por no verle ni oírle
                   es fuerza que huyendo vaya,
                   y pues ya como león
                   cumplí con poner mi rabia
                   su vida en mortal peligro,
                   cumplid con ponerle entrambas,
                   como Basilisco y Áspid,
                   en no menor riesgo el alma,
                   perturbándole en la fe
                   los frutos de la esperanza.

BASILISCO   Fía de mí que mi vista
                   a su vista esfuerzos haga
                   que en la fe le prevarique.

ÁSPID   Y de mí que yo le añada
                   en la esperanza despechos.

MAXIMILIANO

Ya la gente que acompaña
del católico David
a las piadosas instancias,
no al arca del Testamento
sino al tesoro del arca,
se viene acercando. ¡Quién,
antes que él a mí llegara
pudiera llegar a él!

ÁSPID

Arrójate de esas altas
peñas, que mayor razón
es que tú a adorarle vayas
que no que él venga a que
tú le adores.

BASILISCO

              Adelanta
el fervor; échate de ellas.

MAXIMILIANO

Cielos, en tan temeraria
aprensión dadme valor
con que pueda desecharla,
o espíritu con que pueda
interiormente lograrla
en el afecto, con que
a ser lícito me echara
de este monte; fuera yo
¡oh Señor!, el que os buscara;
que no soy digno de que
vos entréis en mi morada.

ÁNGEL Y CARIDAD

Ninguno es digno mas todos
pueden serlo por la gracia,
(**Cantando.**)   y así en su palabra...

CARIDAD

Espera.

ÁNGEL

         Confía.

CARIDAD

Que el llanto...

ÁNGEL

                  Que el ansia...

LOS DOS

...mejora las horas y enmienda las almas.

TODA LA MÚSICA

Y así en su palabra
espera, confía,
que el llanto, que el ansia
mejora las horas y enmienda las almas.

ÁSPID   ¿Qué nueva música es esta
               que mi sentido arrebata?

BASILISCO   No sé, mas sé que tras sí
               también mi discurso arrastra.

MAXIMILIANO   ¿Quién con interior consuelo
               me cobra en mí confianza?

CARIDAD   (**Canta**.) La Caridad, que el amor
               de Dios es, y al que le llama
               responde, da al que le pide
               y el que le busca le halla.

ÁNGEL   (**Canta**.) Y para seguridad
               de su custodia y su guardia,
               acompañarle en sus sendas
               a sus ángeles les manda.

CARIDAD   Con tal celo que porque
               en una piedra aún no caiga
               el pie lastimado, quiere
               que le lleven en las palmas.

MÚSICA   Y así en su palabra,
               espera, confía,
               que el llanto que el ansia
               mejora las horas y enmienda las almas.

ÁSPID   ¿Qué conjuro será este
               que al áspid su encanto encanta?

BASILISCO   ¿Quién al Basilisco ciega
               que aun la luz del sol le falta?

LOS DOS   Pero oiga hasta ver en qué
               del salmo el ensalmo para.

CARIDAD   (**Cantando**.) Palabra es suya también
               que el que atribulado clama
               verá en sus tribulaciones
               cuán generoso le ampara.

ÁNGEL   Armándole del escudo
               con que resistencia haga
               de las volantes saetas
               a las venenosas armas.

CARIDAD   Y para que ningún riesgo
               le haga caer en desgracia,

	del lazo del cazador romperá las asechanzas.

LOS DOS Y MÚSICA

Y así en su palabra,
espera, confía
que el llanto, que el ansia,
mejora las horas y enmienda las almas.

ÁSPID

¿Qué esperamos que no damos
voces nosotros más altas
que estas confundan?

BASILISCO

                              Bien dices;
suspended las alabanzas,
que antes que yo... cuando... si...
¿Quién me ha entorpecido el habla?

ÁSPID

Prosigue o proseguiré
yo. Suspended... ¿Quién embarga
el aliento, que las voces
no encuentran con las palabras?

CARIDAD

(**Cantando**.)   Ven, pues que la caridad
te guía.

ÁNGEL

                    Ven pues te acompaña
quien en estos montes fue
tu más cuidadosa guarda.

CARIDAD

Donde descendiendo subas
a otras esferas más altas.

ÁNGEL

Y pues león y dragón
venciste en la lid pasada...

LOS DOS

...a honor de la Caridad,
de la Fe y de la Esperanza
pon agora sobre el Áspid
y el Basilisco las plantas.

MAXIMILIANO

¿Dónde estoy? Otra y mil veces
dude qué es lo que me pasa.
¿Quién desde aquella alta cumbre
me ha descendido a su falda?
¿Pero cómo a discurrirlo
me atrevo, cuando me faltan,
-o ya suspendido al sumo
favor sin ver quien me ampara,
o ya al sumo desaliento
del rigor de la montaña-

voces con que a uno agradezca
ni fuerzas que a otro no bastan,
y pues que en dos confusiones
una anima, otra desmaya
¿qué mucho, ¡ay de mí!, qué mucho
me dé por vencido a entrambas
mientras no haya quien me diga
de sus efectos la causa?

ÁSPID

Por no decírsela yo
huiré aunque arrastrando vaya.

BASILISCO

Yo por no ver que se acerque
el afecto de lograrla.

ÁNGEL

Espera que no has de irte.

CARIDAD

Ni tú has de ausentarte, aguarda.

ÁNGEL

Que para mayor castigo...

CARIDAD

Que para mayor venganza...

ÁNGEL

...de tu venenoso encanto...

CARIDAD

...de tu traidora asechanza...

ÁNGEL

...no sólo has de ver su fe
como la has visto, premiada
con imperiales blasones
desde el gran Rodulfo hasta
Maximiliano...

CARIDAD

           Sino
desde él por edades largas
también cumplida en los altos
blasones de la esperanza,
y para que veas que el monte
teatro de su desgracia
también lo es de su ventura
¿qué ves en esotra estancia
que no destruyó la ruina?

BASILISCO

Que rasgando sus entrañas
también a su imitación
en trozos se despedaza.

ÁNGEL

¿Tú qué miras en su centro?

ÁSPID

Un árbol de cuyas ramas

son los frutos y las flores
augustas coronas varias.

ÁNGEL

Reconoce cúyas son,
ya que por mí te adelanta
el cielo el conocimiento.

CARIDAD

¿Tú que ves?

BASILISCO

        La real prosapia
de su heredada fe en quien
cumplirá Dios la palabra
que en su nombre el vaticinio
dio al preste.

ÁNGEL

          ¿De qué lo sacas?

ÁSPID

De que Felipe, su hijo,
es aquél a quien la fama
y esposo de doña Juana
de Castilla, única reina
legítima y propietaria,
será el primero que a ella
el rico diamante traiga
que engastado en su corona
brille archiducado de Austria.

BASILISCO

Carlos quinto, invicto César,
emperador de Alemania
y de España primer Carlos,
glorioso por sus hazañas,
su hijo es aquél, que en la excelsa
emperatriz soberana
Isabel de Portugal
dará otro Felipe a España
tan segundo Salomón
que a Dios le labrará casa
que sobre todas las siete
sea maravilla octava.

ÁSPID

A quien tercero Felipe,
hijo suyo y de doña Ana
de Austria, alemana deidad,
seguirá, sancto monarca,
cuya piedad, cuya paz
y religión será tanta
que arrancará de una vez
la raíz que la africana
seta por tantas edades
prendió en su española patria,

dando en la divina reina
religiosamente sancta
la Margarita de quien
también el Austro fue nácar,
la felice subcesión
del cuarto Felipe, estampa
tan de todos en la fe
y devoción de la sacra
Eucaristía, que ya
que no le fabrique casa,
católico Obededón,
la trairá a su Real Alcázar,
donde la oración continua
y las continuas estancias
de fe, devoción y celo,
de la sin par Marïana,
también águila imperial
como nieta, hija y hermana
de ínclitos emperadores,
lograrán, reina de España,
esposa y madre, el mayor
consuelo en la mayor ansia
pues será el segundo Carlos
quien...

FEDERICO   No paséis de aquí hasta
que adelantándome yo
señas al peñasco haga
para que viendo en qué parte
Maximiliano en su alta
cumbre deja, verse pueda
reconocida la estancia,
elegir la feliz peña
que ha de merecer ser ara
a donde alcance a adorarle
en más medida distancia.

ÁNGEL   No prosigáis, que ya llega
el Sol de la mejor alba.

CARIDAD   Y lo que agora no véis
después lo dirá la fama.

ÁSPID   Harto nos has dicho, pues
nos ha dicho en sombras varias
que siendo Maximiliano
quinto nieto en la prosapia
de Rodulfo y quinto nieto
Carlos en la suya, es clara
consecuencia de que quiere

Dios que aumentándose vaya
con católicos blasones
por siglos y edades largas.

(Sale [MAXIMILIANO].**)**

FEDERICO

¡Ah de la cumbre del monte!
¡Maximiliano!

MAXIMILIANO

        ¿Quién llama?

FEDERICO

Tu padre soy.

MAXIMILIANO

        ¿A qué efecto,
si me tienes a tus plantas?

FEDERICO

¿Qué miro? Dame los brazos.

MAXIMILIANO

Y en ellos la vida y alma.

FEDERICO

¿Cómo para descender
senda hallaste que con tantas
diligencias busqué yo
y no fue posible hallarla?

MAXIMILIANO

No sé, porque sólo sé
que sin ver quien me acompaña,
me guía y me adiestra, me hallo
como me ves, en la falda
del monte tan descaecido
y absorto, que en esa parda
peña hube de recostarme
sin saber lo que me pasa,
más de que como entre sueños
un joven vi de tan rara
hermosura... mas ¿qué digo?,
no sé nada, no sé nada.

FEDERICO

Yo sí, pues sé que tu fe
y tu devoción te amparan
a honor de ese gran misterio,
y que él del riesgo te salva:
llegad todos, llegad todos
a ver maravilla tanta.

(Sale el SACERDOTE **y** FE, ESPERANZA **y todos los villanos.)**

SACERDOTE

No es maravilla que Dios
milagros en la fe haga
de este alto sacramento.

FEDERICO

En hacimiento de gracias
descubridle para que
todos se echen a sus plantas.

MAXIMILIANO

No, señor, que no es decente
templo una desierta estancia
el día que no disculpa
la necesidad la falta
del culto, y así es mejor
le volvamos a su casa
donde todos le adoremos
en su sagrario y su ara
colocado.

FEDERICO

        Dices bien
y pues nos trujieron ansias
y lágrimas a este puesto
adonde tan mejorada
la pena se trueque en dicha
y en ventura la desgracia,
triunfante a su ermita vuelva.

ÁNGEL

Y yo, señor, como guarda
que he sido suya en el monte,
a estos bandidos que andaban
robando en él he prendido
para que a su triunfo añadan
más trofeos.

CARIDAD

        Y a esta fiera
que huyendo de la batalla
salió, como Caridad
que los viadores resguarda,
también por despojo de ella
le traigo al triunfo.

DEMONIO

             ¡Qué rabia!

BASILISCO

¡Qué angustia!

ÁSPID

        ¡Qué sentimiento!

FE

Pues para que también haya
memoria de tan gran triunfo
la fe le ofrece una alta
cruz en la cumbre del monte
luego que el camino se abra,
que sea inmortal padrón
de esa religiosa hazaña.

ESPERANZA

La esperanza ofrece que
será de la ilustre casa
suya el mayor patrimonio
la devoción heredada
de este alto sacramento,
en cuya gran confianza
fía que la subcesión
que de aquel tronco se aguarda
logre presto en posesiones
de todos las esperanzas.

SACERDOTE

Yo fío de Dios que sea
sin que peligre en jactancia
mi segundo vaticinio
segundo blasón del Austria.

FEDERICO

Sube pues, sube al altar
y haga la alegría la salva
a los umbrales del templo.

ALEGRÍA

Sí haré, que si retirada
el tiempo del sentimiento
estuve, ya es bien que salga
a la luz del sol.

PENSAMIENTO

        Lo mismo
al Pensamiento le pasa
suspenso en que tal prodigio
ni el pensamiento le alcanza,
y pues todas las virtudes
se alegran con los que ensalzan
las obras de Dios, repitan
con todos en voces varias
que su palabra
mejora las horas y enmienda las almas,
y así Caridad y Fe y Esperanza
canten la victoria
dándole la palma
en loor del segundo
blasón del Austria.

SACERDOTE

Llegad, llegad, que ya está
el sacramento en el ara.

TODOS

¡Quién en su culto tuviera
mil corazones, mil almas
que ofrecerle!

DEMONIO

        ¡Quién mil iras!

ÁSPID	¡Quién mil rayos!
BASILISCO	¡Quién mil rabias!

TODOS
¡Quién mil lenguas para ques
dijeran en su alabanza
(Cantando.) que su palabra
mejora las horas y enmienda las almas.

MÚSICA Y TODOS
Y así Caridad y Fe y Esperanza
canten la victoria
dándole la palma
en loor del segundo
blasón del Austria.